Contemporánea

José Saramago (Azinhaga, 1922-Tías, 2010) es uno de los escritores portugueses más conocidos y apreciados en el mundo entero. En España, a partir de la primera publicación de *El año de la muerte de Ricardo Reis*, en 1985, su trabajo literario recibió la mejor acogida de los lectores y de la crítica. Otros títulos importantes son *Manual de pintura y caligrafía*, *Levantado del suelo*, *Memorial del convento*, *Casi un objeto*, *La balsa de piedra*, *Historia del cerco de Lisboa*, *El Evangelio según Jesucristo*, *Ensayo sobre la ceguera*, *Todos los nombres*, *La caverna*, *El hombre duplicado*, *Ensayo sobre la lucidez*, *Las intermitencias de la muerte*, *El viaje del elefante*, *Caín*, *Poesía completa*, los *Cuadernos de Lanzarote I* y *II*, el libro de viajes *Viaje a Portugal*, el relato breve *El cuento de la isla desconocida*, el cuento infantil *La flor más grande del mundo,* el libro autobiográfico *Las pequeñas memorias*, *El Cuaderno*, *José Saramago en sus palabras*, un repertorio de declaraciones del autor recogidas en la prensa escrita, y *El último cuaderno*. Además del Premio Nobel de Literatura 1998, Saramago fue distinguido por su labor con numerosos galardones y doctorados *honoris causa*.

PREMIO NOBEL DE LITERATURA

José Saramago

El cuento de la isla desconocida

Traducción de
Pilar del Río

Ilustraciones de
Manuel Estrada

El cuento
de la isla
desconocida

DEBOLS!LLO

Papel certificado por el Forest Stewardship Council®

Título original: *O Conto da Ilha Desconhecida*
Primera edición: octubre de 2022
Primera reimpresión: mayo de 2023

Printed in Spain – Impreso en España

ISBN: 978-84-663-5471-4
Depósito legal: B-13.723-2022

Impreso en Liberdúplex
Sant Llorenç d'Hortons (Barcelona)

P 3 5 4 7 1 4

Un hombre llamó a la puerta del rey y le dijo, Dame un barco. La casa del rey tenía muchas más puertas, pero aquélla era la de las peticiones. Como el rey se pasaba todo el tiempo sentado ante la puerta de los obsequios (entiéndase, los obsequios que le entregaban a él), cada vez que oía que alguien llamaba a la puerta de las peticiones se hacía el desentendido, y sólo cuando el continuo repiquetear de la aldaba de bronce subía a un tono, más que notorio, escandaloso, impidiendo el sosiego de los vecinos (las personas comenzaban a murmurar, Qué rey tenemos, que no atiende), daba orden al primer secretario para que fuera a ver lo que quería el impetrante, que no había manera de que se callara. Entonces, el primer secretario llamaba al segundo secretario, éste llamaba al tercero, que mandaba al primer ayudante, que a su vez mandaba al segundo, y así hasta llegar a la mujer de la limpieza, que, no teniendo en quién mandar, entreabría la puerta de las peticiones y preguntaba por el resquicio, Y tú qué quieres. El suplicante decía a lo que venía, o sea, pedía lo que tenía que pedir, después se instalaba en un canto de la puerta, a la espera de que el requerimiento hiciese, de uno en uno, el camino contrario, hasta llegar al rey. Ocupado como siempre estaba con los obsequios, el rey demoraba la respuesta, y ya no era pequeña señal de atención al bienestar y felicidad del pueblo cuando pedía un informe fundamentado por escrito al primer secretario, que, excusado será decirlo, pasaba el encargo al segundo secretario, éste al tercero, sucesivamente, hasta llegar otra vez a la mujer de la limpieza, que opinaba sí o no de acuerdo con el humor con que se hubiera levantado.

Sin embargo, en el caso del hombre que quería un barco, las cosas no ocurrieron así. Cuando la mujer de la limpieza le preguntó por el resquicio de la puerta, Y tú qué quieres, el hombre, en vez de pedir, como era la costumbre de todos, un título, una condecoración, o simplemente dinero,

Cuando la mujer de la limpieza le preguntó por el resquicio de la puerta, Y tú qué quieres, el hombre respondió, Quiero hablar con el rey.

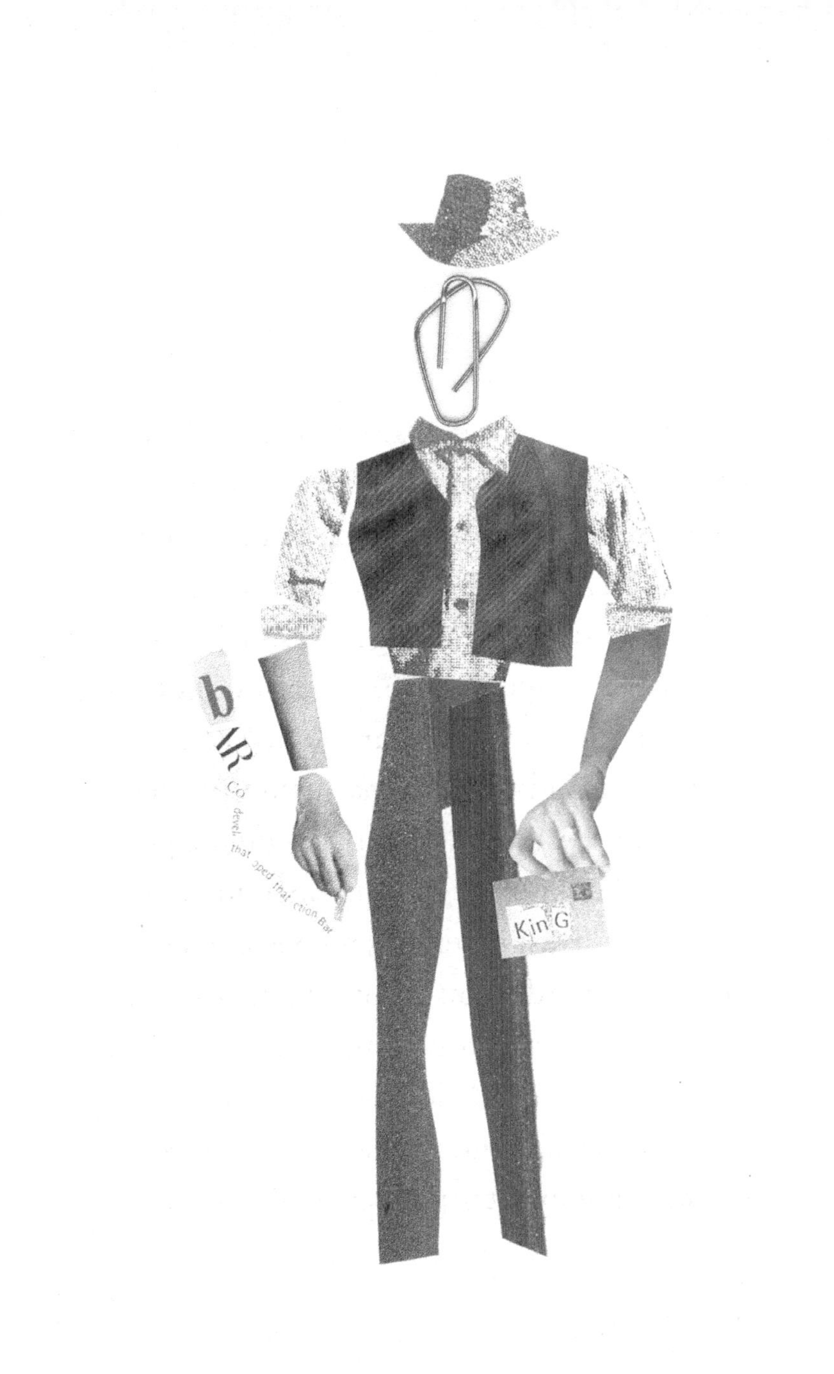
b
Co devel that oped that ction Bar
Kin G

respondió, Quiero hablar con el rey, Ya sabes que el rey no puede venir, está en la puerta de los obsequios, respondió la mujer, Pues entonces ve y dile que no me iré de aquí hasta que él venga personalmente para saber lo que quiero, remató el hombre, y se tumbó todo lo largo que era en el rellano, tapándose con una manta porque hacía frío. Entrar y salir sólo pasándole por encima. Ahora bien, esto suponía un enorme problema, si tenemos en consideración que, de acuerdo con la pragmática de la puerta, sólo se puede atender a un suplicante de cada vez, de donde resulta que mientras haya alguien esperando una respuesta, ninguna otra persona podrá aproximarse para exponer sus necesidades o sus ambiciones. A primera vista, quien ganaba con este artículo del reglamento era el rey, puesto que al ser menos numerosa la gente que venía a incomodarlo con lamentos, más tiempo tenía, y más sosiego, para recibir, contemplar y guardar los obsequios. A segunda vista, sin embargo, el rey perdía, y mucho, porque las protestas públicas, al notarse que la respuesta tardaba más de lo que era justo, aumentaban gravemente el descontento social, lo que, a su vez, tenía inmediatas y negativas consecuencias en el flujo de obsequios. En el caso que estamos narrando, el resultado de la ponderación entre los beneficios y los perjuicios fue que el rey, al cabo de tres días, y en real persona, se acercó a la puerta de las peticiones, para saber lo que quería el entrometido que se había negado a encaminar el requerimiento por las pertinentes vías burocráticas. Abre la puerta, dijo el rey a la mujer de la limpieza, y ella preguntó, Toda o sólo un poco. El rey dudó durante un instante, verdaderamente no le gustaba mucho exponerse a los aires de la calle, pero después reflexionó que parecería mal, aparte de ser indigno de su majestad, hablar con un súbdito a través de una rendija, como si le tuviese miedo, sobre todo asistiendo al coloquio la mujer de la limpieza, que luego iría por ahí diciendo Dios sabe qué, De par en par, ordenó. El hombre que quería un barco se levantó del suelo cuando comenzó a oír los ruidos de los cerrojos, enrolló la manta y se puso a esperar. Estas señales de que finalmente alguien atendería y que por tanto el lugar pronto quedaría desocupado, hicieron aproximarse a la puerta a unos cuantos aspirantes a la liberalidad del trono que andaban por allí, prontos para asaltar el puesto apenas quedase vacío. La inopinada aparición del rey (nunca una tal cosa había sucedido desde que usaba corona en la cabeza) causó una sorpresa desmedida, no sólo a los dichos candidatos, sino también entre la vecindad, que, atraída por el alborozo repentino, se asomó a las ventanas de las casas, en el otro lado de la calle. La única persona que no se sorprendió fue el hombre que vino a pedir un barco. Calculaba él, y acertó en la previsión, que el rey, aunque tardase tres días, acabaría sintiendo la curiosidad de ver la cara de quien, nada más y nada menos, con notable atrevimiento, lo había mandado llamar. Dividido entre la curiosidad irreprimible y el desagrado de ver tantas personas juntas, el rey, con el peor de los modos, preguntó tres preguntas seguidas, Tú qué quieres, Por qué no dijiste lo que querías, Te crees que no tengo nada más que hacer, pero el hombre sólo respondió a la primera pregunta, Dame un barco, dijo.

El asombro dejó al rey hasta tal punto desconcertado que la mujer de la limpieza se vio obligada a acercarle una silla de enea, la misma en que ella se sentaba cuando necesitaba trabajar con el hilo y la aguja, pues, además de la limpieza, tenía también la responsabilidad de algunas tareas menores de costura en el palacio, como zurcir las medias de los pajes. Mal sentado, porque la silla de enea era mucho más baja que el trono, el rey buscaba la mejor manera de acomodar las piernas, ora encogiéndolas, ora extendiéndolas para los lados, mientras el hombre que quería un barco esperaba con paciencia la pregunta que seguiría, Y tú para qué quieres un barco, si puede sa-

Abre la puerta, dijo el rey a la mujer de la limpieza, y ella preguntó, Toda o sólo un poco. De par en par, ordenó.

Eoalbro kdale eda obse ento aíles o

berse, fue lo que el rey preguntó cuando finalmente se dio por instalado con sufrible comodidad en la silla de la mujer de la limpieza, Para buscar la isla desconocida, respondió el hombre, Qué isla desconocida, preguntó el rey, disimulando la risa, como si tuviese enfrente a un loco de atar, de los que tienen manías de navegaciones, a quien no sería bueno contrariar así de entrada, La isla desconocida, repitió el hombre, Hombre, ya no hay islas desconocidas, Quién te ha dicho, rey, que ya no hay islas desconocidas, Están todas en los mapas, En los mapas están sólo las islas conocidas, Y qué isla desconocida es esa que tú buscas, Si te lo pudiese decir, entonces no sería desconocida, A quién has oído hablar de ella, preguntó el rey, ahora más serio, A nadie, En ese caso, por qué te empeñas en decir que ella existe, Simplemente porque es imposible que no exista una isla desconocida, Y has venido aquí para pedirme un barco, Sí, vine aquí para pedirte un barco, Y tú quién eres para que yo te lo dé, Y tú quién eres para no dármelo, Soy el rey de este reino y los barcos del reino me pertenecen todos, Más les pertenecerás tú a ellos que ellos a ti, Qué quieres decir, preguntó el rey inquieto, Que tú sin ellos nada eres, y que ellos, sin ti, pueden navegar siempre, Bajo mis órdenes, con mis pilotos y mis marineros, No te pido marineros ni piloto, sólo te pido un barco, Y esa isla desconocida, si la encuentras, será para mí, A ti, rey, sólo te interesan las islas conocidas, También me interesan las desconocidas, cuando dejan de serlo, Tal vez ésta no se deje conocer, Entonces no te doy el barco, Darás. Al oír esta palabra, pronunciada con tranquila firmeza, los aspirantes a la puerta de las peticiones, en quienes, minuto tras minuto, desde el principio de la conversación iba creciendo la impaciencia, más por librarse de él que por simpatía solidaria, resolvieron intervenir en favor del hombre que quería el barco, comenzando a gritar, Dale el barco, dale el barco. El rey abrió la boca para decirle a la mujer de la limpieza que llamara a la guardia del palacio para que estableciera inmediatamente el orden público e impusiera disciplina, pero, en ese momento, las vecinas que asistían a la escena desde las ventanas se unieron al coro con entusiasmo, gritando como los otros, Dale el barco, dale el barco. Ante tan ineludible manifestación de voluntad popular y preocupado con lo que, mientras tanto, habría perdido en la puerta de los obsequios, el rey levantó la mano derecha imponiendo silencio y dijo, Voy a darte un barco, pero la tripulación tendrás que conseguirla tú, mis marineros me son precisos para las islas conocidas. Los gritos de aplauso del público no dejaron que se percibiese el agradecimiento del hombre que vino a pedir un barco, por el movimiento de los labios tanto podría haber dicho Gracias, mi señor, como Ya me las arreglaré, pero lo que nítidamente se oyó fue lo que a continuación dijo el rey, Vas al muelle, preguntas por el capitán del puerto, le dices que te mando yo, y él que te dé el barco, llevas mi tarjeta. El hombre que iba a recibir un barco leyó la tarjeta de visita, donde decía Rey debajo del nombre del rey, y eran éstas las palabras que él había escrito sobre el hombro de la mujer de la limpieza, Entrega al portador un barco, no es necesario que sea grande, pero que navegue bien y sea seguro, no quiero tener remordimientos en la conciencia si las cosas ocurren mal. Cuando el hombre levantó la cabeza, se supone que esta vez iría a agradecer la dádiva, el rey ya se había retirado, sólo estaba la mujer de la limpieza mirándolo con cara de circunstancias. El hombre bajó del peldaño de la puerta, señal de que los otros candidatos podían avanzar por fin, superfluo será explicar que la confusión fue indescriptible, todos queriendo llegar al sitio en primer lugar, pero con tan mala suerte que la puerta ya estaba cerrada otra vez. La aldaba de bronce volvió a llamar a la mujer de la limpieza, pero la mujer de la limpieza no está, dio la vuelta y salió con el cubo y la

El rey, con el peor de los modos, preguntó tres preguntas seguidas, Tú qué quieres, Por qué no dijiste lo que querías, Te crees que no tengo nada más que hacer.

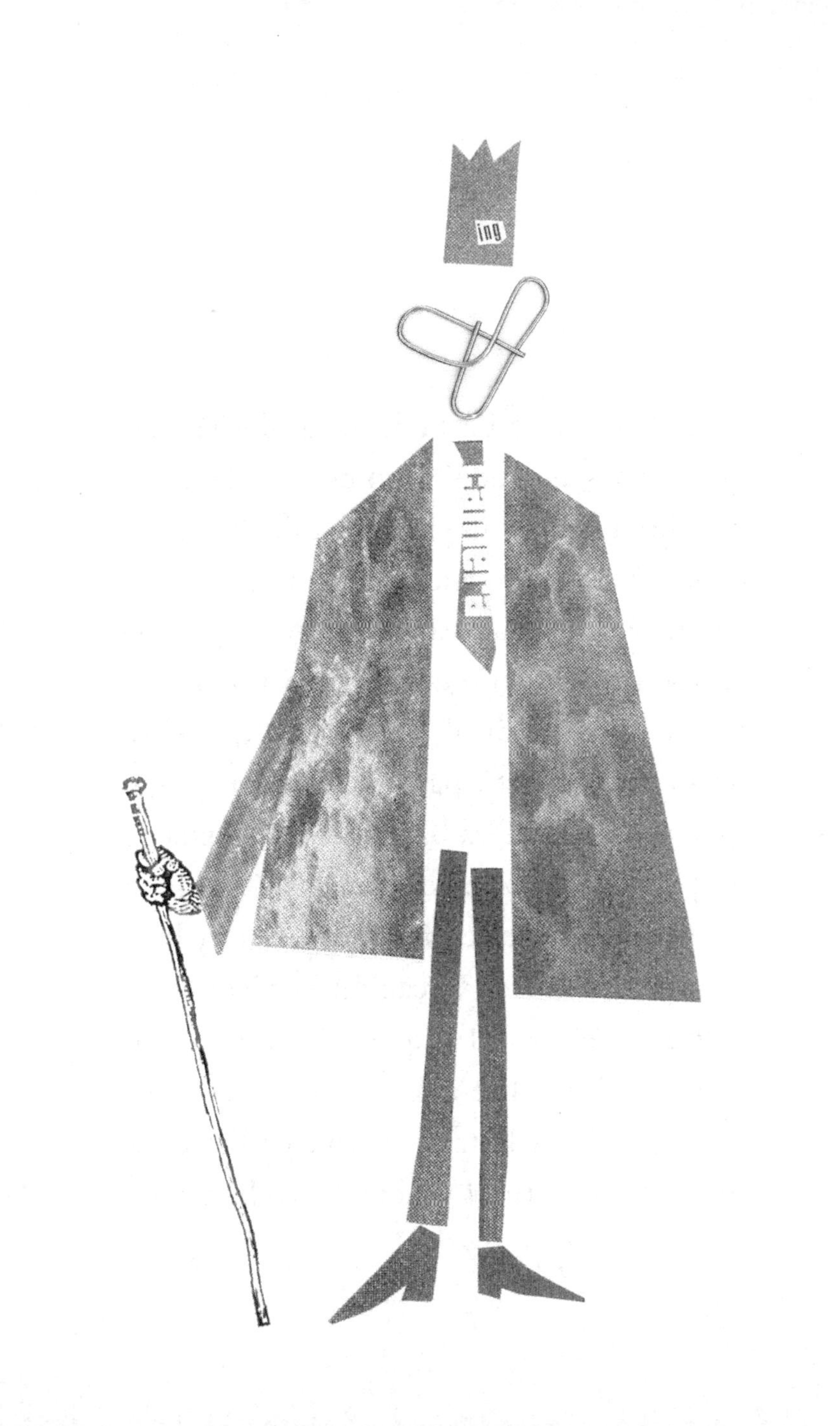

ing

escoba por otra puerta, la de las decisiones, que apenas es usada, pero cuando lo es, lo es. Ahora sí, ahora se comprende el porqué de la cara de circunstancias con que la mujer de la limpieza estuvo mirando, ya que, en ese preciso momento, había tomado la decisión de seguir al hombre así que él se dirigiera al puerto para hacerse cargo del barco. Pensó que ya bastaba de una vida de limpiar y lavar palacios, que había llegado la hora de mudar de oficio, que lavar y limpiar barcos era su vocación verdadera, al menos en el mar el agua no le faltaría. No imagina el hombre que, sin haber comenzado a reclutar la tripulación, ya lleva detrás a la futura responsable de los baldeos y otras limpiezas, también es de este modo como el destino acostumbra a comportarse con nosotros, ya está pisándonos los talones, ya extendió la mano para tocarnos en el hombro, y nosotros todavía vamos murmurando, Se acabó, no hay nada más que ver, todo es igual.

Andando, andando, el hombre llegó al puerto, fue al muelle, preguntó por el capitán, y mientras venía, se puso a adivinar cuál sería, de entre los barcos que allí estaban, el que iría a ser suyo, grande ya sabía que no, la tarjeta de visita del rey era muy clara en este punto, por consiguiente quedaban descartados los paquebotes, los cargueros y los navíos de guerra, tampoco podría ser tan pequeño que aguantase mal las fuerzas del viento y los rigores del mar, en este punto también había sido categórico el rey, que navegue bien y sea seguro, fueron éstas sus formales palabras, excluyendo así explícitamente los botes, las falúas y las chalupas, que siendo buenos navegantes, y seguros, cada uno conforme a su condición, no nacieron para surcar los océanos, que es donde se encuentran las islas desconocidas. Un poco apartada de allí, escondida detrás de unos bidones, la mujer de la limpieza pasó los ojos por los barcos atracados, Para mi gusto, aquél, pensó, aunque su opinión no contaba, ni siquiera había sido contratada, vamos a oír antes lo que dirá el capitán del puerto. El capitán vino, leyó la tarjeta, miró al hombre de arriba abajo y le hizo la pregunta que al rey no se le había ocurrido, Sabes navegar, tienes carné de navegación, a lo que el hombre respondió, Aprenderé en el mar. El capitán dijo, No te lo aconsejaría, capitán soy yo, y no me atrevo con cualquier barco, Dame entonces uno con el que pueda atreverme, no, uno de ésos no, dame un barco que yo respete y que pueda respetarme a mí, Ese lenguaje es de marinero, pero tú no eres marinero, Si tengo el lenguaje, es como si lo fuese. El capitán volvió a leer la tarjeta del rey, después preguntó, Puedes decirme para qué quieres el barco, Para ir en busca de la isla

Y esa isla desconocida, si la encuentras, será para mí, A ti, rey, sólo te interesan las islas conocidas.

desconocida, Ya no hay islas desconocidas, Lo mismo me dijo el rey, Lo que él sabe de islas lo aprendió conmigo, Es extraño que tú, siendo hombre de mar, me digas eso, que ya no hay islas desconocidas, hombre de tierra soy yo, y no ignoro que todas las islas, incluso las conocidas, son desconocidas mientras no desembarcamos en ellas, Pero tú, si bien entiendo, vas a la búsqueda de una donde nadie haya desembarcado nunca, Lo sabré cuando llegue, Si llegas, Sí, a veces se naufraga en el camino, pero si tal me ocurre, deberás escribir en los anales del puerto que el punto adonde llegué fue ése, Quieres decir que llegar, se llega siempre, No serías quien eres si no lo supieses ya. El capitán del puerto dijo, Voy a darte la embarcación que te conviene, Cuál, Es un barco con mucha experiencia, todavía del tiempo en que toda la gente andaba buscando islas desconocidas, Cuál, Creo que incluso encontró algunas, Cuál, Aquél. Así que la mujer de la limpieza percibió para dónde apuntaba el capitán, salió corriendo de detrás de los bidones y gritó, Es mi barco, es mi barco, hay que perdonarle la insólita reivindicación de propiedad, a todo título abusiva, el barco era aquel que le había gustado, simplemente. Parece una carabela, dijo el hombre, Más o menos, concordó el capitán, en su origen era una carabela, después pasó por arreglos y adaptaciones que la modificaron un poco, Pero continúa siendo una carabela, Sí, en el conjunto conserva el antiguo aire, Y tiene mástiles y velas, Cuando se va en busca de islas desconocidas, es lo más recomendable. La mujer de la limpieza no se contuvo, Para mí no quiero otro, Quién eres tú, preguntó el hombre, No te acuerdas de mí, No tengo idea, Soy la mujer de la limpieza, Qué limpieza, La del palacio del rey, La que abría la puerta de las peticiones, No había otra, Y por qué no estás en el palacio del rey, limpiando y abriendo puertas, Porque las puertas que yo quería ya fueron abiertas y porque de hoy en adelante sólo limpiaré barcos, Entonces estás decidida a ir conmigo en busca de la isla desconocida, Salí del palacio por la puerta de las decisiones, Siendo así, ve para la carabela, mira cómo está aquello, después del tiempo pasado debe precisar de un buen lavado, y ten cuidado con las gaviotas, que no son de fiar, No quieres venir conmigo a conocer tu barco por dentro, Dijiste que era tuyo, Disculpa, fue sólo porque me gustó, Gustar es probablemente la mejor manera de tener, tener debe de ser la peor manera de gustar. El capitán del puerto interrumpió la conversación, Tengo que entregar las llaves al dueño del barco, a uno o a otro, resuélvanlo, a mí tanto me da, Los barcos tienen llave, preguntó el hombre,

Para entrar, no, pero allí están las bodegas y los pañoles, y el camarote del comandante con el diario de a bordo, Ella que se encargue de todo, yo voy a reclutar la tripulación, dijo el hombre, y se apartó.
La mujer de la limpieza fue a la oficina del capitán para recoger las llaves, después entró en el barco, dos cosas le valieron, la escoba del palacio y el aviso contra las gaviotas, todavía no había acabado de atravesar la pasarela que unía la amurada al atracadero y ya las malvadas se precipitaban sobre ella gritando, furiosas, con las fauces abiertas, como si la fueran a devorar allí mismo. No sabían con quién se enfrentaban. La mujer de la limpieza posó el cubo, se guar-

dó las llaves en el seno, plantó bien los pies en la pasarela, y, remolineando la escoba como si fuese un espadón de los buenos tiempos, consiguió poner en desbandada a la cuadrilla asesina. Sólo cuando entró en el barco comprendió la ira de las gaviotas, había nidos por todas partes, muchos de ellos abandonados, otros todavía con huevos, y unos pocos con gaviotillas de pico abierto, a la espera de comida, Pues sí, pero será mejor que se muden de aquí, un barco que va en busca de la isla desconocida no puede tener este aspecto, como si fuera un gallinero, dijo. Tiró al agua los nidos vacíos, los otros los dejó, luego veremos. Después se remangó las mangas y se

La aldaba de bronce volvió a llamar
a la mujer de la limpieza, pero la mujer
de la limpieza no está.

puso a lavar la cubierta. Cuando acabó la dura tarea, abrió el pañol de las velas y procedió a un examen minucioso del estado de las costuras, tanto tiempo sin ir al mar y sin haber soportado los estirones saludables del viento. Las velas son los músculos del barco, basta ver cómo se hinchan cuando se esfuerzan, pero, y eso mismo les sucede a los músculos, si no se les da uso regularmente, se aflojan, se ablandan, pierden nervio, Y las costuras son los nervios de las velas, pensó la mujer de la limpieza, contenta por aprender tan de prisa el arte de la marinería. Encontró deshilachadas algunas bastillas, pero se conformó con señalarlas, dado que para este trabajo no le servían la aguja y el hilo con que zurcía las medias de los pajes antiguamente, o sea, ayer. En cuanto a los otros pañoles, enseguida vio que estaban vacíos. Que el de la pólvora estuviese desabastecido, salvo un polvillo negro en el fondo, que al principio le parecieron cagaditas de ratón, no le importó nada, de hecho no está escrito en ninguna ley, por lo menos hasta donde la sabiduría de una mujer de la limpieza es capaz de alcanzar, que ir a por una isla desconocida tenga que ser forzosamente una empresa de guerra. Ya le enfadó, y mucho, la falta absoluta de municiones de boca en el pañol respectivo, no por ella, que estaba de sobra acostumbrada al mal rancho del palacio, sino por el hombre al que dieron este barco, no tarda que el sol se ponga, y él aparecerá por ahí clamando que tiene hambre, que es el dicho de todos los hombres apenas entran en casa, como si sólo ellos tuviesen estómago y sufriesen de la necesidad de llenarlo, Y si trae marineros para la tripulación, que son unos ogros comiendo, entonces no sé cómo nos vamos a gobernar, dijo la mujer de la limpieza.

No merecía la pena preocuparse tanto. El sol acababa de sumirse en el océano cuando el hombre que tenía un barco surgió en el extremo del muelle. Traía un bulto en la mano, pero venía solo y cabizbajo. La mujer de la limpieza fue a esperarlo a la pasarela, antes de que abriera la boca para enterarse de cómo había transcurrido el resto del día, él dijo, Estate tranquila, traigo comida para los dos, Y los marineros, preguntó ella, Como puedes ver, no vino ninguno, Pero los dejaste apalabrados, al menos, volvió a preguntar ella, Me dijeron que ya no hay islas desconocidas, y que, incluso habiéndolas, no iban a dejar el sosiego de sus lares y la buena vida de los barcos de línea para meterse en aventuras oceánicas, a la búsqueda de un imposible, como si todavía estuviéramos en el tiempo del mar tenebroso, Y tú qué les respondiste, Que el mar es siempre tenebroso, Y no les hablaste de la isla desconocida, Cómo podría hablarles de una isla desconocida, si no la conozco, Pero tienes la certeza de que existe, Tanta como de que el mar es tenebroso, En este momento, visto desde aquí, con las aguas color de jade y el cielo como un incendio, de tenebroso no le encuentro nada, Es una ilusión tuya, también las islas a veces parece que fluctúan sobre las aguas y no es verdad, Qué piensas hacer, si te falta una tripulación, Todavía no lo sé, Podríamos quedarnos a vivir aquí, yo me ofrecería para lavar los barcos que vienen al muelle, y tú, Y yo, Tendrás un oficio, una profesión, como ahora se dice, Tengo, tuve, tendré si fuera preciso, pero quiero encontrar la isla desconocida, quiero saber quién soy yo cuando esté en ella, No lo sabes, Si no sales de ti, no llegas a saber quién eres, El filósofo del rey, cuando no tenía nada que hacer, se sentaba junto a mí, para verme zurcir las medias de los pajes, y a veces le daba por filosofar, decía que todo hombre es una isla, yo, como aquello no iba conmigo, visto que soy mujer, no le daba importancia, tú qué crees, Que es necesario salir de la isla para ver la isla, que no nos vemos si no nos salimos de nosotros, Si no salimos de nosotros mismos, quieres decir, No es igual. El incendio del cielo iba languideciendo, el agua de repente adquirió un color morado, ahora ni la mujer de la limpieza dudaría que el

El capitán del puerto dijo, Voy a darte la embarcación que te conviene.

mar es de verdad tenebroso, por lo menos a ciertas horas. Dijo el hombre, Dejemos las filosofías para el filósofo del rey, que para eso le pagan, ahora vamos a comer, pero la mujer no estuvo de acuerdo, Primero tienes que ver tu barco, sólo lo conoces por fuera, Qué tal lo encontraste, Hay algunas costuras de las velas que necesitan refuerzo, Bajaste a la bodega, encontraste agua abierta, En el fondo hay alguna, mezclada con el lastre, pero eso me parece que es lo apropiado, le hace bien al barco, Cómo aprendiste esas cosas, Así, Así cómo, Como tú, cuando dijiste al capitán del puerto que aprenderías a navegar en la mar, Todavía no estamos en el mar, Pero ya estamos en el agua, Siempre tuve la idea de que para la navegación sólo hay dos maestros verdaderos, uno es el mar, el otro es el barco, Y el cielo, te olvidas del cielo, Sí, claro, el cielo, Los vientos, Las nubes, El cielo, Sí, el cielo. En menos de un cuarto de hora habían acabado la vuelta por el barco, una carabela, incluso transformada, no da para grandes paseos. Es bonita, dijo el hombre, pero si no consigo tripulantes suficientes para la maniobra, tendré que ir a decirle al rey que ya no la quiero, Te desanimas a la primera contrariedad, La primera contrariedad fue esperar al rey tres días, y no desistí, Si no encuentras marineros que quieran venir, ya nos las arreglaremos los dos, Estás loca, dos personas solas no serían capaces de gobernar un barco de éstos, yo tendría que estar siempre al timón, y tú, ni vale la pena explicarlo, es una locura, Después veremos, ahora vamos a cenar. Subieron al castillo de popa, el hombre todavía protestando contra lo que llamara locura, allí la mujer de la limpieza abrió el fardel que él había traído, un pan, queso curado, de cabra, aceitunas, una botella de vino. La luna ya estaba a medio palmo sobre el mar, las sombras de la verga y del mástil grande vinieron a tumbarse a sus pies. Es realmente bonita nuestra carabela, dijo la mujer, y enmendó enseguida, La tuya, tu carabela, Supongo que no será mía por mucho tiempo, Navegues o no navegues con ella, la carabela es tuya, te la dio el rey, Se la pedí para buscar una isla desconocida, Pero estas cosas no se hacen de un momento para otro, necesitan su tiempo, ya mi abuelo decía que quien va al mar se avía en tierra, y eso que él no era marinero, Sin marineros no podremos navegar, Eso ya lo has dicho, Y hay que abastecer el barco de las mil cosas necesarias para un viaje como éste, que no se sabe adónde nos llevará, Evidentemente, y después tendremos que esperar a que sea la estación apropiada, y salir con marea buena, y que venga gente al puerto a desearnos buen viaje, Te estás riendo de mí, Nunca me reiría de quien me hizo salir por la puerta de

Y, remolineando la escoba como si fuese un espadón de los buenos tiempos, consiguió poner en desbandada a la cuadrilla asesina.

las decisiones, Discúlpame, Y no volveré a pasar por ella, suceda lo que suceda. La luz de la luna iluminaba la cara de la mujer de la limpieza, Es bonita, realmente es bonita, pensó el hombre, y esta vez no se refería a la carabela. La mujer, ésa, no pensó nada, lo habría pensado todo durante aquellos tres días, cuando entreabría de vez en cuando la puerta para ver si aquél aún continuaba fuera, a la espera. No sobró ni una miga de pan o de queso, ni una gota de vino, los huesos de las aceitunas fueron a parar al agua, el suelo está tan limpio como quedó cuando la mujer de la limpieza le pasó el último paño. La sirena de un paquebote que se hacía a la mar soltó un ronquido potente, como debieron de ser los del leviatán, y la mujer dijo, Cuando sea nuestra vez, haremos menos ruido. A pesar de que estaban en el interior del muelle, el agua se onduló un poco al paso del paquebote, y el hombre dijo, Pero nos balancearemos mucho más. Se rieron los dos, después se callaron, pasado un rato uno de ellos opinó que lo mejor sería irse a dormir, No es que yo tenga mucho sueño, y el otro concordó, Ni yo, después se callaron otra vez, la luna subió y continuó subiendo, a cierta altura la mujer dijo, Hay literas abajo, y el hombre dijo, Sí, y entonces fue cuando se levantaron y descendieron a la cubierta, ahí la mujer dijo, Hasta mañana, yo voy para este lado, y el hombre respondió, Y yo para éste, hasta mañana, no dijeron babor o estribor, probablemente porque todavía están practicando en las artes. La mujer volvió atrás, Me había olvidado, se sacó del bolsillo dos cabos de velas, Los encontré cuando limpiaba, pero no tengo cerillas, Yo tengo, dijo el hombre. Ella mantuvo las velas, una en cada mano, él encendió un fósforo, después, abrigando la llama bajo la cúpula de los dedos curvados la llevó con todo el cuidado a los viejos pabilos, la luz prendió, creció lentamente como la de la luna, bañó la cara de la mujer de la limpieza, no sería necesario decir que él pensó, Es bonita, pero lo que ella pensó, sí, Se ve que sólo tiene ojos para la isla desconocida, he aquí cómo se equivocan las personas interpretando miradas, sobre todo al principio. Ella le entregó una vela, dijo, Hasta mañana, duerme bien, él quiso decir lo mismo de otra manera, Que tengas sueños felices, fue la frase que le salió, dentro de nada, cuando esté abajo, acostado en su litera, se le ocurrirán otras frases, más espiritosas, sobre todo más insinuantes, como se espera que sean las de un hombre cuando está a solas con una mujer. Se preguntaba si ella dormiría, si habría tardado en entrar en el sueño, después imaginó que andaba buscándola y no la encontraba en ningún sitio, que estaban perdidos los dos en un barco enorme, el sueño es un prestidigitador hábil, muda las proporciones de las cosas y sus distancias, separa a las personas y ellas están juntas, las reúne, y casi no se ven una a otra, la mujer duerme a pocos metros y él no sabe cómo alcanzarla, con lo fácil que es ir de babor a estribor. Le había deseado buenos sueños, pero fue él quien se pasó toda la noche soñando. Soñó que su carabela navegaba por alta mar, con las tres velas triangulares gloriosamente hinchadas, abriendo camino sobre las olas, mientras él manejaba la rueda del timón y la tripulación descansaba a la sombra. No entendía cómo estaban allí los marineros que en el puerto y en la ciudad se habían negado a embarcar con él para buscar la isla desconocida, probablemente se arrepintieron de la grosera ironía con que lo trataron. Veía animales esparcidos por la cubierta, patos, conejos, gallinas, lo habitual de la crianza doméstica, comiscando los granos de millo o royendo las hojas de col que un marinero les echaba, no se acordaba de cuándo los habían traído para el barco, fuese como fuese, era natural que estuviesen allí, imaginemos que la isla desconocida es, como tantas veces lo fue en el pasado, una isla desierta, lo mejor será jugar sobre seguro, todos sabemos que abrir la puerta de la conejera y agarrar un conejo por las orejas siempre es más fácil que perseguirlo por montes y valles. Del fondo de

Yo tendría que estar siempre al timón, y tú,
ni vale la pena explicarlo, es una locura.

la bodega sube ahora un relincho de caballos, de mugidos de bueyes, de rebuznos de asnos, las voces de los nobles animales necesarios para el trabajo pesado, y cómo llegaron ellos, cómo pueden caber en una carabela donde la tripulación humana apenas tiene lugar, de súbito el viento dio una cabriola, la vela mayor se movió y ondeó, detrás estaba lo que antes no se veía, un grupo de mujeres que incluso sin contarlas se adivinaba que eran tantas cuantos los marineros, se ocupan de sus cosas de mujeres, todavía no ha llegado el tiempo de ocuparse de otras, está claro que esto sólo puede ser un sueño, en la vida real nunca se ha viajado así. El hombre del timón buscó con los ojos a la mujer de la limpieza y no la vio, Tal vez esté en la litera de estribor, descansando de la limpieza de la cubierta, pensó, pero fue un pensar fingido, porque bien sabe, aunque tampoco sepa cómo lo sabe, que ella a última hora no quiso venir, que saltó para el embarcadero, diciendo desde allí, Adiós, adiós, ya que sólo tienes ojos para la isla desconocida, me voy, y no era verdad, ahora mismo andan los ojos de él pretendiéndola y no la encuentran. En este momento se cubrió el cielo y comenzó a llover, y, habiendo llovido, principiaron a brotar innumerables plantas de las filas de sacos de tierra alineados a lo largo de la amurada, no están allí porque se sospeche que no haya tierra bastante en la isla desconocida, sino porque así se ganará tiempo, el día que lleguemos sólo tendremos que transplantar los árboles frutales, sembrar los granos de las pequeñas cosechas que van madurando aquí, adornar los jardines con las flores que abrirán de estos capullos. El hombre del timón pregunta a los marineros que descansan en cubierta si avistan alguna isla desconocida, y ellos responden que no ven ni de unas ni de otras, pero que están pensando desembarcar en la primera tierra habitada que aparezca, siempre que haya un puerto donde fondear, una taberna donde beber y una cama donde folgar, que aquí no se puede, con toda esta gente junta. Y la isla desconocida, preguntó el hombre del timón, La isla desconocida es cosa inexistente, no pasa de una idea de tu cabeza, los geógrafos del rey fueron a ver en los mapas y declararon que islas por conocer es cosa que se acabó hace mucho tiempo, Debíais haberos quedado en la ciudad, en lugar de venir a entorpecerme la navegación, Andábamos buscando un lugar mejor para vivir y decidimos aprovechar tu viaje, No sois marineros, Nunca lo fuimos, Solo no seré capaz de gobernar el barco, Haber pensado en eso antes de pedírselo al rey, el mar no enseña a navegar. Entonces el hombre del timón vio tierra a lo lejos y quiso pasar adelante, hacer cuenta de que ella era

Las raíces de los árboles están penetrando en el armazón del barco.

el reflejo de otra tierra, una imagen que hubiese venido del otro lado del mundo por el espacio, pero los hombres que nunca habían sido marineros protestaron, dijeron que era allí mismo donde querían desembarcar, Ésta es una isla del mapa, gritaron, te mataremos si no nos llevas. Entonces, por sí misma, la carabela viró la proa en dirección a tierra, entró en el puerto y se encostó a la muralla del embarcadero, Podéis iros, dijo el hombre del timón, acto seguido salieron en orden, primero las mujeres, después los hombres, pero no se fueron solos, se llevaron con ellos los patos, los conejos y las gallinas, se llevaron los bueyes, los asnos y los caballos, y hasta las gaviotas, una tras otra, levantaron el vuelo y se fueron del barco, transportando en el pico a sus gaviotillas, proeza que no habían acometido nunca, pero siempre hay una primera vez. El hombre del timón contempló la desbandada en silencio, no hizo nada para retener a quienes lo abandonaban, al menos le habían dejado los árboles, los trigos y las flores, con las trepadoras que se enrollaban a los mástiles y pendían de la amurada como festones. Debido al atropello de la salida se habían roto y derramado los sacos de tierra, de modo que la cubierta era como un campo labrado y sembrado, sólo falta que caiga un poco más de lluvia para que sea un buen año agrícola. Desde que el viaje a la isla desconocida comenzó, no se ha visto comer al hombre del timón, debe de ser porque está soñando, apenas soñando, y si en el sueño le apeteciese un trozo de pan o una manzana, sería un puro invento, nada más. Las raíces de los árboles están penetrando en el armazón del barco, no tardará mucho en que estas velas hinchadas dejen de ser necesarias, bastará que el viento sople en las copas y vaya encaminando la carabela a su destino. Es un bosque que navega y se balancea sobre las olas, un bosque en donde, sin saberse cómo, comenzaron a cantar pájaros, estarían escondidos por ahí y pronto decidieron salir a la luz, tal vez porque la cosecha ya esté madura y es la hora de la siega. Entonces el hombre fijó la rueda del timón y bajó al campo con la hoz en la mano, y, cuando había segado las primeras espigas, vio una sombra al lado de su sombra. Se despertó abrazado a la mujer de la limpieza, y ella a él, confundidos los cuerpos, confundidas las literas, que no se sabe si ésta es la de babor o la de estribor. Después, apenas el sol acabó de nacer, el hombre y la mujer fueron a pintar en la proa del barco, de un lado y de otro, en blancas letras, el nombre que todavía le faltaba a la carabela. Hacia la hora del mediodía, con la marea, La Isla Desconocida se hizo por fin a la mar, a la búsqueda de sí misma.

Se despertó abrazado a la mujer de la limpieza, y ella a él, confundidos los cuerpos, confundidas las literas.